Pour Papa et Patti, pour leur cinq- anniversaire.
A.P.S. & J.S.

Les chiens sont pour Maman ; le reste du livre est pour Roy.
R.C.

Texte traduit de l'anglais par Isabel Finkenstaedt

Titre de l'ouvrage original : ONE IS A SNAIL, TEN IS A CRAB
Éditeur original : Walker Books Limited
Text copyright © 2003 by April Pulley Sayre et Jeff Sayre
Illustrations copyright © 2003 by Randy Cecil
Published by arrangement with
Walker Books Limited, London SE11 5HJ
Tous droits réservés
Pour la traduction française : © 2003 Kaléidoscope,
11, rue de Sèvres, 75006 Paris, France
Loi n° 49.956 du 16 juillet 1949 sur les publications
destinées à la jeunesse : septembre 2003
Dépôt légal : septembre 2003
Imprimé en Chine

www.editions-kaleidoscope.com

Diffusion l'école des loisirs

Un pour l'escargot dix pour le crabe

combien de pieds ?

Texte de **April Pulley Sayre** et **Jeff Sayre**
Illustrations de **Randy Cecil**

kaléidoscope

(Voici le pied de l'escargot.)

1 pour l'escargot.

2 pour l'enfant.

3 pour l'enfan
et l'escargot.

4 pour le chien.

5 pour le chien et l'escargot.

6 pour l'insecte.

7 pour l'insecte et l'escargot.

8

pour l'araignée.

9 pour l'araignée et l'escargot.

10 pour le crabe.

(Les crabes ont dix pattes. Leurs deux pattes avant servent aussi de pinces.)

Ce qui veut dire...

20 pour deux crabes.

30 pour trois crabes...

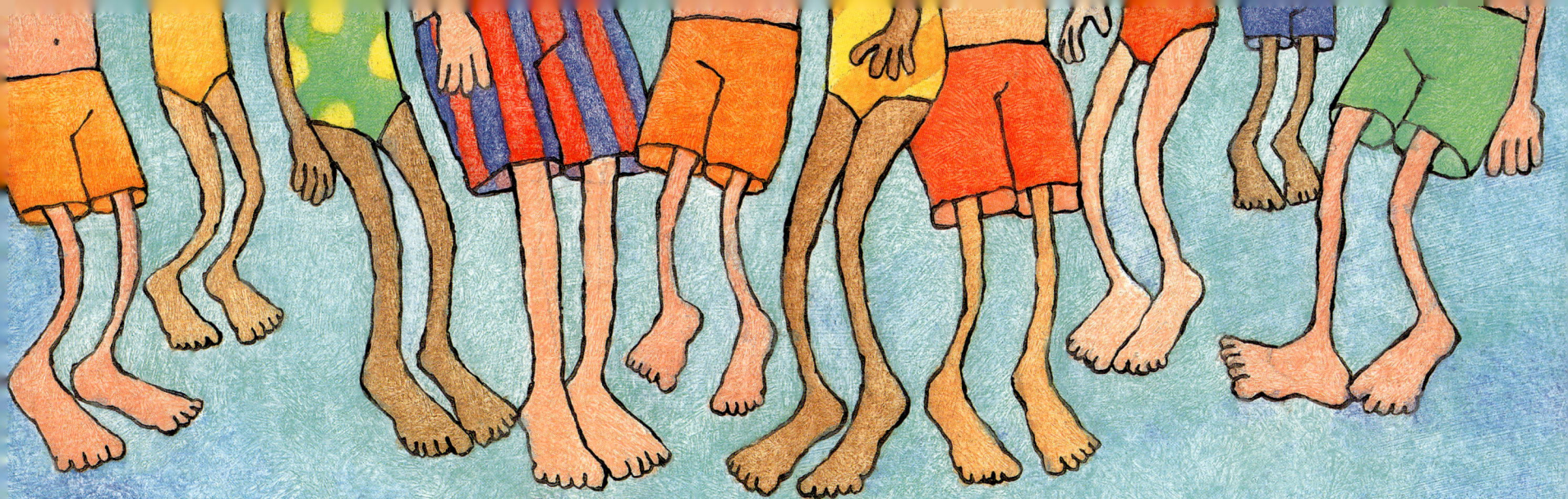

ou dix enfants et un crabe.

40 pour quatre crabes...

ou dix chiens.

50

pour cinq crabes...

ou dix chiens et un crabe.

60 pour six crabes...

OU dix insectes.

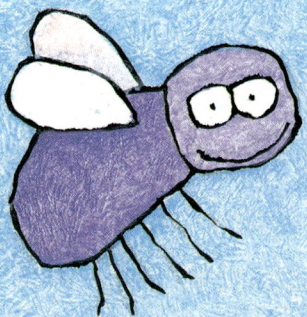

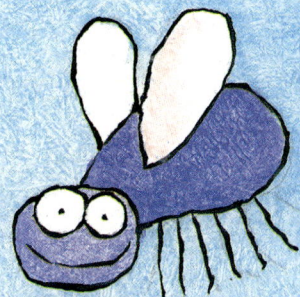

70 pour sept crabes...

ou
dix insectes et un crabe.

80 pour huit crabes...

OU dix araignées.

90 pour neuf crabes...

ou

dix araignées et un crabe.

Ce qui fait

100

pour dix crabes,

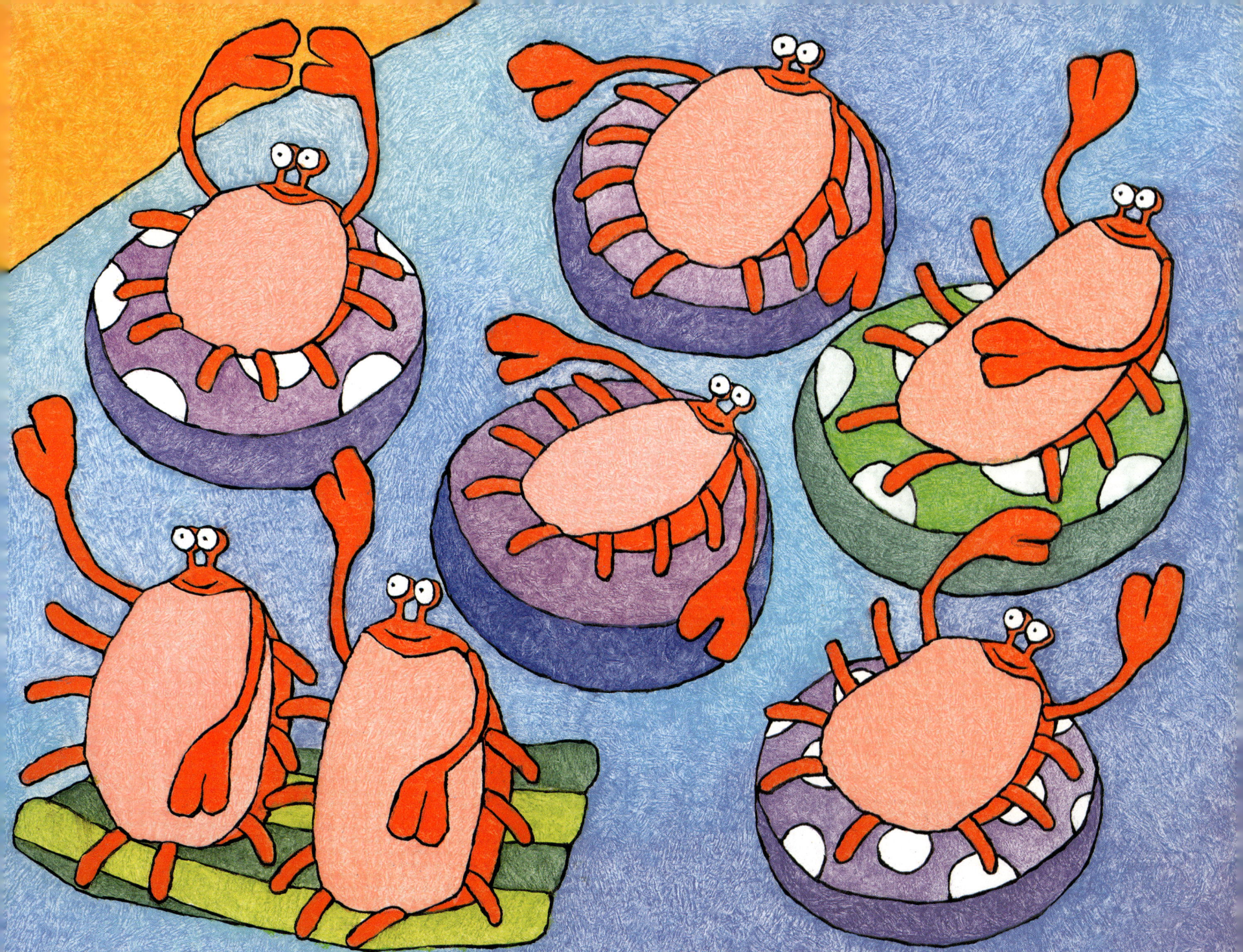

ou,
si tu comptes vraiment très lentement,

cent escargots !